DISCOURS EN VERS

SUR

LA CLÉMENCE.

Par A. d'Egvilly.

> Homines ad deos nullâ re propiùs accedunt quam salutem hominibus dando.
>
> (CICERO *pro Ligario.*)

A PARIS,

CHEZ PETIT, LIBRAIRE, AU PALAIS-ROYAL.

M. DCCC. XVIII.

DE L'IMPRIMERIE D'ANTHe. BOUCHER,

SUCCESSEUR DE L. G. MICHAUD,

RUE DES BONS-ENFANTS, No. 34.

DISCOURS EN VERS

SUR

LA CLÉMENCE.

> Accepte mon encens, Clémence, entends ma voix;
> Je chante tes bienfaits en parlant de nos rois.

« Eh quoi, César triomphe et pardonne aux vaincus !
Il pleure sur Pompée, il nous rend Marcellus;
Ah César, tu connais la véritable gloire !
Poursuis : maître du monde et fils de la Victoire,
Apprends à l'univers que la seule bonté
Rapproche les mortels de la Divinité;
En vain tes fiers rivaux accusent ta puissance,
Le peuple est à tes pieds et bénit ta clémence. »
  Ainsi, chez les Romains, s'exprimait autrefois
Cet illustre consul, dont l'éloquente voix
D'Antoine et de Verrès confondit l'insolence,
Flétrit le crime heureux, rassura l'innocence,
Osa, pour un proscrit à la mort condamné,
En appeler encore au vainqueur étonné,

Le fit, à force d'art, rougir de sa vengeance,
Et, l'œil baigné de pleurs, révoquer la sentence.
Heureux qui sait se plaire à ces divins écrits,
Qui, du temps respectés, ont toujours plus de prix,
Tandis que, dévorés par sa faux meurtrière,
Les plus beaux monuments dorment dans la poussière !
Tels, de la Grèce en cendre, Homère et ses beaux vers
D'un éclat immortel vont frapper l'univers.
Il est quelques censeurs, dont l'austère prudence
Condamne, dans les rois, un excès d'indulgence.
A peine, disent-ils, César eut pardonné,
Que, par des assassins au sénat entraîné,
Il vit, au premier rang de cette horde impie,
Le même proconsul qui lui devait la vie.
Couvrant de mots pompeux le plus lâche attentat,
Ces faibles conjurés sauvèrent-ils l'Etat ?
Non : des plus vils tyrans préparant la carrière,
Le poignard des Brutus produisit un Tibère ;
Du monstre couronné les cruels successeurs
Firent de l'Italie un théâtre d'horreurs ;
Tous foulèrent aux pieds des vertus insensées,
Dans le premier César si mal récompensées !
Maintenant, au héros par Brutus immolé
Opposez un guerrier, sous qui Rome a tremblé.

Voyez l'heureux Sylla, vainqueur de Mitridate,
Verser tous les fléaux sur sa patrie ingrate ;
D'un front calme et serein calculant ses forfaits,
Il condamne toujours, ne pardonne jamais,
Et pas un seul complot ne menace sa vie !
Enfin las de punir, quand sa rage assouvie
N'a plus rien à détruire, il remet aux Romains
Ce pouvoir qui pesait à ses sanglantes mains.
D'un sénat avili connaissant l'impuissance,
Il le méprise trop pour craindre sa vengeance.
Pas une mère en pleurs, pas un fils indigné
Ne l'accuse du sang dont son bras s'est baigné ;
Son nom les glace encore et les force au silence :
Comparez-lui César et vantez la clémence. »

Ainsi, dans tous les temps, des sophistes adroits,
Tantôt flatteurs du peuple, ou ministres des rois,
Des faits les plus honteux réveillent la mémoire,
Et sous le plus faux jour interprètent l'histoire.
Le pouvoir qui triomphe obtient seul leur encens ;
Ils ne descendent pas dans l'ame des tyrans.
Qu'importe, qu'écrasé sous le poids de ses crimes,
Sylla pense toujours entendre ses victimes,
Que l'ivresse du jour, la honte de la nuit
Ne le dérobent point au trait qui le poursuit,

Il eut sur ses rivaux une entière victoire,
C'est pour un courtisan le seul titre de gloire.
Mais nous, qui de nos rois adorant les vertus,
Avons su de Néron distinguer les Titus,
Mieux instruits par l'exemple et par l'expérience,
D'un respect plus sincère honorons la puissance.
En vouant au mépris un vil usurpateur,
Élevons jusqu'au ciel le divin protecteur
Qui nous prouve ses droits par le bien qu'il peut faire,
Et de ces rois divers comparons la carrière.
O toi! dont le nom seul est un premier affront,
Viens nous servir d'exemple, implacable Néron!
Du bonheur des méchants retrace-nous l'image.
Au maître des Romains l'univers rend hommage.
Tes ordres sont des lois; tes erreurs, tes forfaits
Sont comptés par le peuple au rang de tes bienfaits;
Ta mère t'importune... hé bien, parle, décide,
Qui te retient? Le jour souillé d'un parricide,
Sera marqué bientôt par un lâche sénat,
Au rang des jours heureux qui sauvèrent l'État.
D'un déluge de feux Rome devient la proie,
Tu chantes en riant les désastres de Troie!
La vertu des chrétiens a fatigué tes yeux;
Ordonne que, chargés d'un complot odieux,

De leurs cris déchirants le Cirque retentisse,
Et que des feux de joie éclairent leur supplice.
Enivre-toi du sang de tes meilleurs amis...
Hélas! tous ces excès.... tu les avais commis
Avant l'âge, où, s'ouvrant une heureuse carrière,
Trajan par ses vertus vint consoler la terre.
Mais l'heure est arrivée : une effroyable nuit
Voit éclater la foudre, un dieu vengeur te suit,
Jeune bourreau : frémis, les villes alarmées
Lèvent enfin le joug. L'une de tes armées,
Dont les chefs valeureux, pour prix de leurs exploits,
Ont péri sous le fer de tes barbares lois,
S'avance contre Rome : eh quoi! tyran farouche,
Tu trembles...., la parole expire dans ta bouche :
N'est-ce donc qu'aux bourreaux que tu sais commander?
Vois ta garde fidèle, elle vient demander
Quels ordres, quels projets assurent ta défense....
Il n'est plus temps : partout a sonné la vengeance.
Le signal est donné, tu l'entends : tu pâlis,
Néron, hier encor tu souriais aux cris
De cent mille martyrs; la fureur et l'audace
Éclataient dans tes yeux, et la terreur te glace
Dès le premier péril! Vous, lâches courtisans,
Toujours prompts à vanter les crimes des tyrans,

De l'un de vos héros contemplez les alarmes !
Pour la première fois Néron verse des larmes !
Ses soldats indignés de tant de lâcheté
L'accablent de mépris ; le sénat révolté
A signé son arrêt.... Il fuit... Rome respire !
Dans sa fuite, agité d'un féroce délire,
Il veut, en s'immolant, se soustraire aux Romains ;
La coupe, le poignard, échappent de ses mains.
Caché dans des marais, il entend les menaces
Et les cris des bourreaux acharnés sur ses traces ;
La foudre et les éclairs ajoutent à l'horreur
De sa lente agonie.... Enfin un fer vengeur
L'immole, mais, au nom de l'inflexible histoire,
Tacite, en traits de sang, signale sa mémoire !

A ces tableaux trop vrais, à ces crimes fameux,
Opposons de Titus le règne glorieux.
Il semble qu'au seul nom de ce riant empire,
Un air plus pur se mêle à l'air que l'on respire.
Je le vois : je crois lire en ses yeux satisfaits
Qu'il repasse en son cœur les heureux qu'il a faits.
Le plus tendre lien l'unit à Bérénice ;
Il s'impose en pleurant ce dernier sacrifice,
Se dévoue aux Romains, et vainqueur de l'amour,
Pour le bonheur de Rome il craint de perdre un jour.

Jeune, sa passion l'entraîna vers la gloire,
Sur le trône il voulut, pour dernière victoire,
Être par ses vertus, plus que par ses exploits,
L'idole de son peuple et l'exemple des rois.
Voilà le souverain, dont l'image chérie
M'a toujours rappelé les rois de ma patrie;
Et puisque la Clémence est l'objet de nos chants,
N'allons pas, loin de nous, consumer notre encens.
Rappelons nos aïeux et lisons leur histoire.
Les surnoms de nos Rois, gravés dans la mémoire,
Ainsi que leur valeur, attestent leur bonté.
Quel modèle par nous a droit d'être cité
Avant tous les héros dont la France s'honore?
Saint-Louis, déployant du couchant à l'aurore
Cette intrépidité si digne du Français,
Et partout sur ses pas répandant les bienfaits,
Offre un assez beau titre à la reconnaissance!
Je le vois, de Thémis relevant la balance,
Au pied d'un chêne assis, dicter de sages lois,
Toujours de l'opprimé faire valoir les droits,
Et laissant à ses fils cet avis mémorable:
« Qu'il vaut mieux s'exposer à sauver un coupable
» Qu'à frapper l'innocence. » Au rang des protecteurs
Dont les noms immortels sont gravés dans nos cœurs,

Mille traits généreux offrent à la mémoire
Ce Roi, père du peuple et cher à la victoire,
L'effroi de l'Italie et l'ami de Bayard.
Jeune, de la révolte arborant l'étendard,
Il osa défier les légions royales ;
Charle eut bientôt détruit ses forces inégales.
Captif, chargé de fers, il voit tous les flatteurs,
Abusant de sa faute, aggraver ses malheurs ;
Mais la fortune change et Louis est leur maître ;
Sur le trône élevé pourra-t-il méconnaître
Ceux qui, dans ses revers, l'accablèrent d'affronts ?
D'une croix sur sa liste il signale leurs noms.
Aussi bas dans la peur, qu'insolent dans la haine,
Le courtisan déplore une perte certaine :
« Et pourquoi, dit Louis, cessent-ils d'espérer ?
» Ce signe du chrétien devait les rassurer ;
» Du Dieu qui nous sauva rappelant la clémence,
» Cette croix tutélaire efface toute offense. »
C'est en nommant des rois si généreux, si bons,
Qu'on arrive sans peine au règne des Bourbons.
La gloire, les vertus vont prendre un nouveau lustre ;
Tout flatte dans le chef de cette branche illustre !
Quel que soit le surnom du brave conquérant,
Son titre le plus cher n'est pas celui de Grand ;

C'est le héros du cœur : on l'adore, on l'admire ;
On ne parle de lui qu'avec un doux sourire ;
Sous les traits d'un ami le grand homme est caché ;
Plus on relit sa vie et plus on est touché.
Enfin si, pénétré des beaux traits de l'histoire,
Un peintre, appréciant tous les genres de gloire,
Voulait dans un seul cadre en offrir le tableau,
Qu'il regarde Henri-Quatre, et prenne son pinceau.
Quel poids à soutenir qu'un pareil héritage !
Son fils saura du moins imiter son courage ;
Mais de tant de grandeur son esprit étonné
Craindra de démentir le sang dont il est né.
Il voit flotter l'empire en ses mains incertaines,
Et soudain au génie il en donne les rênes ;
Pour la gloire du trône il choisit Richelieu,
Aspire au nom de Juste, et, par un dernier vœu,
Ne demandant au ciel que l'honneur de la France,
Au plus grand des Louis il donne la naissance.
Quels prodiges nouveaux vont éblouir nos yeux ?
Ainsi que son aïeul, Louis victorieux,
A tous les arts rivaux prodigue ses largesses,
Imprime la grandeur jusque dans ses faiblesses,
A l'ennemi tremblant fait respecter ses lois,
Et de ses fiers guerriers partage les exploits.

La Lys, l'Escaut, le Rhin, l'Éridan et le Tage,
Admirent le héros et lui livrent passage.
A peine délivré du joug des oppresseurs,
Dans ses marais profonds défiant les vainqueurs,
Le Batave orgueilleux croit n'avoir plus de maître...
Pour le désabuser Louis n'a qu'à paraître.
Les barbares d'Afrique, en leurs affreux succès,
Méconnaissent un jour le pavillon français :
Soudain un bras vengeur a préparé la foudre;
Leur ville, leurs remparts tombent réduits en poudre;
Gène ose résister aux ordres de Louis,
Et ses palais de marbre éclatent en débris.

Pendant que, chefs heureux d'intrépides armées,
Défiant à l'envi toutes les renommées,
Luxembourg et Condé, Turenne, Catinat,
Comptent par des succès tous les jours de combat,
Partout en leur honneur on prodigue des fêtes;
Vauban par son génie affermit leurs conquêtes,
Élève des remparts, construit des arsenaux;
L'Océan se disperse en immenses canaux.
A la voix de Colbert, redevenu docile
Neptune est étonné des succès de Tourville.
Il voit Dugay-Trouin, vainqueur de ses rivaux,
Signaler son audace et commander aux eaux.

De toutes parts, formés par des efforts magiques,
S'élèvent des bassins et des ports magnifiques.
Par un autre prodige étonnant les regards,
Le Roi dans ses palais rassemble tous les arts,
Va du Nord au Midi couronner le génie,
Et veut que les talents soient tous de sa patrie.
Dans cette cour brillante, où tant d'ambassadeurs
Auprès du Roi guerrier retrouvaient leurs vainqueurs,
Louis, de son pouvoir cherchant à se distraire,
Consultait Despréaux et conseillait Molière.
Bossuet prononçait ses oracles divins,
Le Nôtre dessinait de superbes jardins;
Du Louvre relevé l'élégante noblesse
Rappelait les beaux jours de Rome et de la Grèce.
Enfin pour ses soldats, Louis, reconnaissant,
Élevait avec pompe un vaste monument,
Fier d'assurer lui-même aux enfants de la gloire
Un repos acheté par trente ans de victoire.

Tôt ou tard les revers frappent un conquérant:
Louis les a prévus et n'en est que plus grand;
Sa voix console ceux que le malheur accable.
Villeroi, de retour d'un combat mémorable,
N'ose, dans ses chagrins, se montrer à ses yeux:
« *Nous sommes dans un âge où l'on n'est point heureux*,

Monsieur le Maréchal. » Ce fut la seule plainte
Du généreux monarque. Étranger à la crainte,
On le vit rassurer l'audacieux Villars,
Qui d'un dernier combat redoutait les hasards :
« Attaquez, lui dit-il; si le sort m'est contraire,
» J'irai, j'appellerai ma noblesse guerrière;
» Je traverse Paris, et bientôt sur mes pas
» Vous verrez accourir deux cent mille soldats. »
Quels mots pour un Français! Quel prix de la vaillance!
Villars les entendit: Denain sauva la France.
L'univers admira sa magnanimité;
Nous, sujets du grand Roi, redisons sa bonté:
La fronde avait offert une ligue nouvelle,
Et pour lui pardonner Henri fut son modelle.

Sous une cour plus libre, à d'autres mœurs formé,
Content de mériter le nom de *Bien-aimé*,
Son heureux successeur écoute en paix l'hommage
D'un peuple qui l'adore, et ne voit pas l'orage
Prêt à nous accabler de fléaux inouis.

Hélas! faut-il parler du second Saint-Louis?
Honorons sa mémoire en gardant le silence!
Monument immortel de gloire et de clémence,
Que son dernier écrit soit par nous respecté,
Et du moins une fois suivons sa volonté.

Pour retrouver ses traits, reposons notre vue
Sur l'auguste famille à la France rendue ;
Vingt-cinq ans de revers, d'injustice et d'affronts,
La fureur des partis, les cris des factions,
Rien ne put altérer cet amour pour la France,
Qui seul fit à nos rois regretter la puissance.
Descendus sur nos bords, ils ne s'informent pas
S'il fut des oppresseurs, quels furent les ingrats.
Tel d'un fils adoré le repentir sincère
Retrouve tous ses droits dans le cœur d'un bon père.

Il reçoit nos serments ; bientôt les factieux
Trament contre la France un complot odieux ;
Il les plaint, il triomphe, et toujours l'indulgence
Contre ses ennemis est sa seule vengeance.
Il semble que nos rois, créés pour pardonner,
S'ils avaient à punir, ne voudraient plus régner.

Toi, qui du haut des cieux veilles sur ta famille,
O Louis ! tu te plus à répandre en ta Fille
Les plus nobles vertus qui parent les Bourbons.
C'est toi qui dirigeas ses premières leçons ;
Il lui fut bien aisé d'apprendre de sa mère
Le secret d'être aimée et l'heureux don de plaire ;
Par de nombreux périls son courage aguerri,
Nous a souvent offert les traits du grand Henri.

Aujourdhui, du malheur seconde providence,
Elle vit pour donner; enfin dès son enfance
Elle fit, sans efforts, par un penchant heureux,
Non pas ce qui fut bien, mais ce qui fut le mieux.
Dieu qui sauvas nos Rois, embellis leur carrière!
Verse sur eux le bien qu'ils brûlent de nous faire.
Ils nous ont ramené la paix, la liberté,
Trésor long-temps promis et sous eux seuls goûté:
Mesure à leurs bienfaits notre reconnaissance,
Et qu'au moins leur bonheur égale leur clémence.
Mais quoi! de pleurs amers, leurs yeux sont inondés!
La mort a menacé l'héritier des Condés.
Un Lys trop jeune encor, qui, sur sa double tige,
Du sang pur des Bourbons offrait tout le prestige,
Se fane avant d'éclore... O céleste courroux!
Loin d'objets si sacrés détourne donc tes coups!
Dieu puissant! Dans le cours de leur illustre vie,
La coupe du malheur fut-elle assez remplie?
De la France plaintive exauce enfin les vœux,
Pour le bonheur de tous, rends nos princes heureux.
Hélas! il est bien temps que ta rigueur fléchisse:
Tes bontés aujourd'hui ne seraient que justice.

FIN.

www.ingramcontent.com/pod-product-compliance
Ingram Content Group UK Ltd.
Pitfield, Milton Keynes, MK11 3LW, UK
UKHW020459220726
13923UKWH00006B/2641